A lenda de Narciso

Reconto de
Luiz Guasco

Ilustrações de
Carlos Fonseca

Gerente editorial
Sâmia Rios

Editor
Adilson Miguel

Editora assistente
Fabiana Mioto

Revisoras
Gislene de Oliveira
Erika Ramires
Paula Teixeira

Editora de arte
Marisa Iniesta Martin

Diagramador
Rafael Vianna

Programador visual de capa e miolo
Didier Dias de Moraes

Ao comprar um livro, você remunera e reconhece o trabalho do autor e de muitos outros profissionais envolvidos na produção e comercialização das obras: editores, revisores, diagramadores, ilustradores, gráficos, divulgadores, distribuidores, livreiros, entre outros.

Ajude-nos a combater a cópia ilegal! Ela gera desemprego, prejudica a difusão da cultura e encarece os livros que você compra.

editora scipione

conforme o **Acordo Ortográfico**

Avenida das Nações Unidas, 7221
Pinheiros
CEP 05425-902 – São Paulo – SP

Tel.: (0xx11) 4003-3061

atendimento@aticascipione.com.br
www.coletivoleitor.com.br

EDITORA AFILIADA

2024
ISBN 978-85-262-7181-4 – AL
CL: 736392
CAE: 243044
Cód. da OP: 248656

1.ª EDIÇÃO
10.ª impressão

Impressão e acabamento
Forma Certa Gráfica Digital

Dados Internacionais de Catalogação na Publicação (CIP)
(Câmara Brasileira do Livro, SP, Brasil)

Guasco, Luiz

A lenda de Narciso / reconto de Luiz Guasco; ilustrações de Carlos Fonseca. – São Paulo: Scipione, 2008. (Série Reencontro literatura)

1. Ficção – Literatura juvenil I. Fonseca, Carlos. II. Título. III. Série.

08-10399   CDD-028.5

Índice para catálogo sistemático:
1. Ficção: Literatura juvenil   028.5

SUMÁRIO

A lenda de Narciso 4

Duas faces da mesma moeda 9

Um julgamento acertado e um novo castigo 11

A ninfa Liríope 17

Narciso, o filho das águas 20

Amores frustrados 24

Uma caçada malsucedida 26

A ninfa Eco 28

Narciso descobre o amor 31

Epílogo 37

Quem é Luiz Guasco? 40

A LENDA DE NARCISO

As narrativas relacionadas a Narciso, embora variem um pouco conforme a fonte consultada – o que é comum, uma vez que uma mesma lenda pode apresentar várias versões, elaboradas em diferentes regiões da Grécia –, coincidem ao descrever esse personagem como um jovem muito bonito. Sua idade não é pormenorizada, mas os poucos episódios relacionados a ele podem fornecer pistas sobre sua condição e permitir interpretações acerca dos costumes da sociedade que preservaram esses relatos.

Narciso é jovem e belo, mas resiste ao despertar amoroso, recusando todos os pretendentes que a ele se declaram, procedimento que o coloca em uma condição à parte da dos demais humanos. No poema *Metamorfoses*, do poeta romano Ovídio (43 a.c.–18 d.c.), Narciso repele tanto propostas de ninfas (divindades da natureza) como de outros rapazes. Mulheres estão ausentes da narrativa, o que sugere sua reclusão, sua pouca participação na vida social.

O fato de outros jovens se interessarem por Narciso nos coloca diante do comportamento bissexual dos homens gregos, mais tarde codificado nas leis de algumas cidades como um costume consentido, presumível e prestigiado.

Na época histórica de cidades gregas como Atenas e Esparta, a relação amorosa – não exclusivamente sexual, embora o sexo dela fizesse parte – entre um homem e um adolescente tinha caráter iniciático: o adulto transmitia ao adolescente os valores do universo masculino, cujo maior privilégio era a participação nas decisões dos destinos da cidade, direito que implicava a obrigação de defendê-la em tempo de guerra. A relação entre os dois podia durar até que o adolescente se tornasse um jovem adulto (desde que o rapaz não tivesse queixa dos procedimentos de seu parceiro), assumindo seu papel como cidadão. O exame de documentos da época indica que não era vista com bons olhos a continuidade dessa relação amorosa após esse estágio.

É importante lembrar, porém, que um homem adulto, embora se relacionasse por algum tempo com um adolescente – com o consentimento da família deste –, nem por isso deixava de ter atração e de manter relações sexuais com sua esposa e, eventualmente, com outras mulheres. Embora o que a lenda de Narciso apresente não seja um retrato dessa instituição social, conhecida como pederastia, o fato é que a lenda já foi interpretada como um enredo destinado a alertar os adolescentes sobre o perigo de recusar esse tipo de relação.

De qualquer modo, Narciso rejeita tanto outros rapazes quanto ninfas, o que configura um desvio tanto do ponto de vista social como religioso (esferas indissociáveis, no pensamento mítico), pois alguém que irá se tornar um homem deve se permitir viver as experiências que lhe possibilitarão formar uma família ou, ao menos, gerar descendentes.

No que diz respeito ao âmbito religioso, os deuses são ciosos de seus atributos; não por simples vaidade, mas porque o exercício de suas prerrogativas no mundo, ou a manifestação delas no meio humano, coincide com a expressão de sua existência divina. Por isso, assim como Ártemis vela pelas crias dos animais, pelas crianças e pelos adolescentes, também Afrodite, a deusa do amor e da atração sexual, irrita-se com um mortal que se nega a experimentar o enamoramento e a relação amorosa, pois essa atitude equivale a negar a própria deusa. No enredo de *Hipólito*, por exemplo, tragédia escrita por Eurípides (cerca de 480–406 a.C.), o personagem Hipólito, filho de Teseu, rei de Atenas, insiste em preservar uma postura que não mais lhe compete, dedicando-se à caça, cultuando a deusa Ártemis (que a preside) e gozando de sua companhia, enquanto despreza por completo Afrodite. A consequência dessa atitude é sua destruição: Afrodite faz com que Fedra, sua madrasta, apaixone-se por ele e, quando Hipólito a repele, ela conta a Teseu que seu filho tentou seduzi-la. Teseu resolve punir Hipólito e invoca, para isso, Poseidon, deus que lhe é próximo, e o senhor dos mares provoca um acidente em que Hipólito morre.

A espécie de alienação em que Narciso se permite viver também lhe será fatal. Ao se deter sobre seu próprio reflexo, Narciso se basta, e nega todas as instâncias em que vive um mortal. Seu ímpeto amoroso, dirigido para si mesmo – sem que ele a princípio o saiba –, é uma amarga ironia, um antiamor, pois esse sentimento, na perspectiva mitológica, é o que propicia a união entre dois seres. A paixão de Narciso, portanto, consagra sua exclusão social e a inadequação de seu comportamento como mortal – a *hýbris* (excesso, descomedimento) que pratica ao não ser capaz de compreender o *status* humano.

Nesse ponto, é preciso esclarecer, ainda que brevemente, o conceito de *hýbris*, que não guarda relação com o de pecado, próprio da religiosidade judaico-cristã. Nesta, o Deus onipotente e onisciente, criador do universo e do homem, espera que a humanidade aja em consonância com suas leis ou mandamentos; quando uma pessoa infringe um deles, comete um pecado. Deus, segundo essa teologia, espera que o pecador se arrependa, e não lhe nega o perdão, se o arrependimento for realmente sincero.

Já a noção de *hýbris* está relacionada a uma divisão de atributos efetuada por Zeus entre os deuses e os mortais. Os deuses regem todos os acontecimentos verificados na natureza e patrocinam todos os setores em que se desenvolve a vida humana; por isso, devem ser cultuados e respeitados. Um mortal pode aspirar ao cultivo das virtudes que um deus representa e exerce, mas não deve se orgulhar dos resultados que venha a atingir por meio desse esforço. Assim, por exemplo, a personagem Odisseu (Ulisses), da *Odisseia*, de Homero, mantém-se sob a simpatia de Palas Atena, que o auxilia, porque ele mesmo explicita e ratifica, no círculo dos mortais, as qualidades próprias dessa deusa, sem jamais se atrever a equiparar-se a ela. O contrário implica erro e excesso: orgulhar-se de seus feitos ou de seus talentos é esquecer que os mortais dependem dos deuses e romper com a mediania e prudência a que se deve ater a humanidade.

No mito de Narciso, essa prudência, o cuidado que se deve guardar na relação com as divindades é sugerido pela presença de Tirésias, o adivinho. Personagem célebre em várias narrativas mitológicas, esse mortal detém o conhecimento do futuro, atributo do deus Apolo, a ele cedido por Zeus. Se antes desse evento Tirésias já vivera uma experiência ímpar, que lhe permitira saber o que é existir como homem e como mulher, a dádiva que recebe de Zeus o alça ao conhecimento da condição dos mortais. Isso não significa entretanto que Tirésias passe a estar dotado de uma perspectiva metafísica de entendimento do mundo. Diferentemente do que pode significar para nós, a frase "Conhece-te a ti mesmo, por ti mesmo", inscrita no templo de Apolo, em Delfos, é, no âmbito do pensamento mitológico, um apelo para que os homens entendam seu *status*, reconhecendo seus limites como mortais, e não um convite à interiorização psicológica ou à reflexão filosófica (mesmo porque a filosofia surgiu muito mais tarde do que as narrativas míticas). A atitude de Tirésias, pode-se afirmar, é a de estar atento às solicitações dos deuses, e de cultivar a mediania. Nesse aspecto, esse personagem é um contraponto interessante à figura de Narciso: embora cego, ele enxerga as limitações e vicissitudes humanas, ao passo que Narciso, objeto do olhar e do desejo de quem o contempla, não é capaz de divisar sua situação. Assim também, na ocasião em que finalmente enxerga a si mesmo, apaixona-se por sua própria beleza, em vez de perceber-se como mortal e de assumir sua condição como tal.

Duas faces da mesma moeda

Tirésias era ainda jovem quando, certa manhã, encontrou duas serpentes enlaçadas, rastejando pela relva de um bosque sagrado dedicado à deusa Hera, esposa de Zeus. Esquecido por um momento do local em que se encontrava, ele decidiu separá-las, utilizando para isso o bastão que trazia consigo.

As consequências de seu gesto impensado se manifestaram imediatamente: Hera, protetora dos casamentos e dos acasalamentos, sentiu-se ultrajada por ver uma união desfeita em seus próprios domínios e castigou Tirésias, transformando-o numa moça.

Tirésias ficou surpreso e embaraçado com sua metamorfose, mas soube compreender o sentido daquele acontecimento. Assim, resignado com sua sorte, aceitou sua nova condição, passando a viver segundo o que deuses e mortais reservavam a ela.

Sete anos transcorreram durante os quais Tirésias aprendeu os afazeres das mulheres, lidando com todo tipo de tarefas a elas destinadas. Mais do que isso, entretanto, Tirésias conheceu seus sentimentos e alegrias, assim como suas apreensões: a expectativa com relação ao amor; o carinho e cuidados para com as crianças; o temor das guerras, que ceifavam a vida dos homens, destruíam colheitas e podiam torná-las escravas em lugares distantes e estranhos, se suas cidades fossem vencidas.

Foi como mulher, e em companhia de outras mulheres, que Tirésias um dia visitou novamente um bosque consagrado a Hera, durante uma celebração à deusa. Naquela ocasião, um fato inesperado se deu: afastando-se um pouco de seu grupo, Tirésias outra vez encontrou duas serpentes entrelaçadas se revolvendo no chão. Então, procurando ao redor com rapidez, apanhou um galho e, arrancando seus ramos, fez dele uma vareta, com a qual separou as duas serpentes, que silvaram ferozes ao serem afastadas uma da outra, ameaçando saltar sobre ele. Prudente, Tirésias afastou-se alguns passos delas, sem deixar de vigiar seus movimentos. E, quase no mesmo instante, obteve o que pretendia: recebeu novo castigo, sendo transformado em homem.

Reverente, Tirésias orou à deusa, agradecendo por tudo o que passara enquanto existira como mulher, e em seguida deixou o bosque, sem jamais considerar ter enganado Hera, nem se vangloriar das experiências que vivera.

Um julgamento acertado e um novo castigo

O destino, porém, parecia obrigar Tirésias a se defrontar com Hera.

Acontece que, anos mais tarde, uma disputa entre Zeus e sua esposa afetaria novamente a vida de Tirésias, de maneira decisiva. Hera queixava-se das vantagens usufruídas pelo sexo masculino, argumentando que a divisão de atributos era desigual. Zeus, por sua vez, afirmava que os privilégios de cada sexo não eram idênticos, mas que nem por isso havia injustiça em sua distribuição. Pois, em relação ao amor, que justamente unia os sexos, deusas e mulheres desfrutavam de muito mais satisfação do que deuses e homens.

– Isso é absurdo! – protestava a deusa. – E, além do mais, como poderia ser provado?

– Ao contrário do que diz você, isso é real. E, como tudo o que é verdadeiro, pode ser demonstrado.

– Poupe-se desse trabalho. Você provavelmente tentará me iludir com palavras, para convencer-me, mas isso é inútil.

– Nada disso, esposa. A realidade do que afirmo é tão clara que pode ser percebida até por um mortal. Mas não por meio de discursos, e sim da experiência. Proponho consultar, sobre essa questão, alguém que já viveu como homem e também como mulher. Você sabe de quem estou falando. Ficaria satisfeita com a resposta de Tirésias?

Hera não desejava envolver outras deusas naquele debate, e duvidava da capacidade de um mortal para avaliar o assunto. Assim, contando poder colocar o próprio Zeus numa situação ridícula, concordou em submeter a demanda a Tirésias.

Ambos desceram então do monte Olimpo, local de onde Zeus governava o mundo, e dirigiram-se para as cercanias de

Tebas, cidade na região da Beócia em que residia Tirésias. Aparecendo diante dele na forma de um homem e de uma mulher, anunciaram o motivo de sua vinda.

Tirésias surpreendeu-se com a visita dos deuses, e pressentiu que ela implicava perigo, como no geral a proximidade dos deuses representava risco para os mortais. Essa condição recuava muito no tempo. Remontava à época em que Zeus dividira entre os imortais os privilégios que os distinguiam entre si, repartindo também os atributos que concerniam aos homens e aos deuses, e que de certo modo definiam seus destinos. Até então, a humanidade e as divindades conviviam de maneira muito próxima, realizando banquetes em que todos se reuniam. Foi durante um deles que se deu a cisão entre deuses e homens.

Naquela ocasião os humanos, confiando na intermediação de Prometeu, filho do titã Jápeto, que os guiava em todos os progressos que alcançavam, viram-se envolvidos em uma tentativa de enganar Zeus, da qual saíram muito prejudicados. Para a refeição em comum, um touro foi sacrificado ritualmente.

Prometeu, encarregado de destrinchar as carnes do animal, limpou seus ossos e os envolveu com banha reluzente. Quanto às partes comestíveis, recobriu-as com as vísceras mais sujas da vítima, tornando-as repugnantes ao olhar. Em seguida, convidou Zeus a escolher uma das partes para si. O senhor dos deuses percebeu o truque, irritando-se com a tentativa de indução de Prometeu, que escondia sob um aspecto repulsivo as carnes macias e sob a aparência suculenta os ossos secos. E, para puni-lo, escolheu os ossos, símbolo da permanência imorredoura, deixando propositadamente aos homens protegidos por Prometeu as carnes, símbolo da transitoriedade e da degradação. Aquele fora um momento solene, em que a igualdade entre homens e deuses poderia ter sido assegurada para sempre. Porém a trapaça de Prometeu, embora objetivasse conseguir para a humanidade vantagens ainda maiores, condenou-a a tornar-se mortal.

    Não satisfeito, Zeus ainda lançara sobre os homens, para desgostar Prometeu, uma série de desgraças, como a ocultação do fogo e a criação da primeira mulher, Pandora, que causara a libertação, sobre a face da Terra, de uma série de males que passaram a acometer a humanidade, como a fome, a miséria, a inveja e as guerras.

    Por fim, Zeus, para preservar a harmonia entre os deuses, passou a transferir para os mortais a decisão acerca de algumas questões importantes que, se julgadas entre os olímpicos, poderiam acarretar disputas entre eles.

A maior guerra havida entre os homens, a Guerra de Troia, originara-se exatamente de um juízo que, apesar de envolver três deusas, fora delegado a um mortal. A deusa Éris, a Discórdia, apresentara diante de todas as divindades uma maçã de ouro com as seguintes palavras gravadas em sua superfície: "À mais bela". Hera, Atena e Afrodite, cada qual se considerando a candidata ideal àquele presente, reivindicaram-no para si. Zeus, chamado a solucionar o impasse, previu a dissensão que se instalaria no Olimpo, qualquer que fosse a deusa por ele eleita, e, por isso, transferiu a solução do impasse para o âmbito dos homens, encarregando Hermes, o mensageiro dos céus, de comunicar ao príncipe Páris, de Troia, que cabia a ele apontar entre as três deusas a mais bela.

As deusas procuraram, cada uma à sua maneira, aliciar Páris, a fim de obter o seu favor. Como esposa de Zeus, Hera prometeu-lhe soberania sobre o mundo inteiro, se ele a escolhesse; Palas Atena ofereceu-lhe uma sabedoria sem igual entre os homens, e o sucesso em todas as guerras e batalhas que enfrentasse; quanto a Afrodite, com palavras doces insinuou que poderia, se escolhida, espargir sobre ele uma graça e um poder de sedução a que mulher alguma poderia resistir, o que lhe garantiria a conquista até mesmo da mais formosa entre elas – Helena, esposa do rei Menelau. Páris não hesitou diante dessa dádiva: entregou a maçã de ouro a Afrodite. Depois, viajando para a Grécia, hospedou-se na casa de Menelau, seduziu Helena e a levou consigo para Troia. A recusa em devolvê-la acarretou a guerra, que se prolongou por dez anos e causou a morte de muitos heróis gregos, e de quase todos os troianos, cuja cidade foi destruída.

Agora, de novo os deuses vinham buscar a opinião de um mortal para decidir uma querela surgida entre eles. A situação se repetia. E, ainda que Tirésias se dispusesse a ser o mais cauteloso possível em sua resposta, para evitar que as consequências do que dissesse caíssem sobre toda a humanidade, dificilmente seria capaz de esquivar-se de um infortúnio lançado sobre si. Afinal, que poderia fazer um homem se incorresse na ira de uma daquelas divindades? Da parte de Hera, já experimentara o rigor e a potência dos castigos. Que pensar, então, de uma punição imposta por Zeus? "Qualquer que seja minha réplica", pensou, "haverei de descontentar a um desses deuses. Entretanto, se é meu destino sofrer algum tormento lançado por um deles contra mim, que eu não me dobre ao medo. Se outros mortais já confrontaram os olímpicos usando de astúcia ou mesmo de violência, de minha parte eu só oporei a eles a verdade que mesmo um homem pode entrever."

E, assim refletindo, Tirésias respondeu aos deuses:

– Se fosse possível dividir em dez partes a satisfação obtida em uma relação amorosa, eu diria que às mulheres cabe experimentar nove delas, ao passo que aos homens só é dado desfrutar de uma parte.

Hera sentiu-se ferida em seu orgulho com a sentença de Tirésias, que demonstrava que os privilégios entre os sexos estavam bem distribuídos. Além de comprovar que as vantagens haviam sido corretamente divididas por Zeus no início de seu mando sobre o universo, o juízo emitido por Tirésias deixava claro que não era possível enganar o senhor dos deuses, extorquindo dele mais benefícios e assim se sobrepondo a ele em poder.

– A cegueira seja o prêmio por seu saber, Tirésias. Com ela pagará pela audácia de desvendar um segredo como esse!

E, dito isso, alçou voo para regressar ao Olimpo, deixando cego e sem recursos Tirésias que, apesar de atingido por tamanha desgraça, não protestou contra Hera, encarando sem revolta – embora não sem enorme tristeza – o dano que sofrera.

Zeus, porém, admirou-se de sua moderação e resolveu compensá-lo pela infelicidade que o atingira.

– Tirésias, você falou com acerto e sem temor, mesmo ciente do risco que corria. No entanto, embora reconheça a retidão com que agiu, não posso suprimir a cegueira que Hera lhe impôs, para não afrontá-la. Por isso, como compensação a esse mal lhe concedo, em sua escuridão, o mais luminoso saber exercido entre os humanos: o dom da adivinhação, atributo de meu filho, Apolo. Cego para o mundo a sua volta, verá entretanto mais do que qualquer um dentre os mortais, e os guiará em suas dúvidas e contendas. A justiça de suas palavras sempre prevalecerá, por mais que a impetuosidade de um homem a quem elas contrariem tente fazê-las calar. Além disso, viverá sete vezes mais que os mortais comuns; as sombras e o esquecimento do Hades não combinam com o que você é a partir de agora, e por isso eu as afasto temporariamente de você.

Zeus assim disse, e retirou-se também para o Olimpo. Quanto a Tirésias, com passos inseguros buscou ele o caminho de casa, incerto sobre a direção a tomar e ávido de que algum passante surgisse para auxiliá-lo. Enquanto avançava, trôpego e hesitante, viu em sua mente um turbilhão de imagens: disputas cruentas opondo cidades, a ruína de multidões colhidas pela peste decretada por Zeus e enviada por Apolo como castigo a sua arrogância, a paz e a felicidade efêmeras entre os mortais, apesar de tão duramente alcançadas. Seu coração angustiou-se diante dessas cenas, mas era impossível detê-las, assim como não podia impedir a sucessão de rostos que se alternavam em seu pensamento: feições de pessoas que ele ainda não conhecia, mas que haveriam de procurá-lo no futuro, em busca de entendimento e conselho.

Entre essas muitas faces resplandeciam os delicados traços de uma ninfa de rara beleza, que parecia apreensiva enquanto estreitava nos braços um menino belíssimo, como se desejasse protegê-lo de um perigo iminente.

A ninfa Liríope

Em companhia de outras ninfas como ela, Liríope gostava de percorrer a região da Beócia, onde, longe das cidades dos mortais, havia recantos agradáveis para visitar: clareiras em meio a bosques, fontes de águas límpidas, grutas em locais ermos. Aqueles eram lugares em que raramente se aventuravam os humanos, mas aonde as seguiam os sátiros, em grupos desordenados e barulhentos, ansiosos por conquistar seu amor. Pã, o mais famoso e hábil dentre eles, com frequência abordava Liríope, a quem desejava se unir.

– Aceite-me como amante, ninfa das águas, pois outro par como eu não encontrará. Juntos podemos nos acercar dos pastores e de toda gente que vive nos campos e nas proximidades de florestas. Todos esses dedicam a mim muitas oferendas. Também a você eles honrarão. Além disso, podemos nos juntar ao cortejo de Dioniso, em que sempre sou bem recebido. A música, a dança, o canto e o riso nunca cessam quando Pã se diverte, e Pã não cessa jamais de se divertir!

E, como que para melhor convencê-la, depressa Pã soprava em sua siringe, a flauta de sete canudos, arrancando do instrumento algumas notas alegres.

A ninfa, porém, sempre se esquivava de seu abraço, com agilidade e graça, recusando-lhe as carícias e os atrevimentos.

– Talvez outro dia! – ria-se o sátiro, enquanto assumia uma expressão de aparvalhamento e com trejeitos cômicos a deixava escapar. – A mim só interessa o que me é concedido de boa vontade. Mas lembre-se, Liríope: nem eu nem você somos eternos como os deuses olímpicos, embora nos esteja reservada uma vida muito longa. Aproveite-a com prazeres, antes que ela se consuma infértil e sem contornos. Já é tempo de deixar suas companheiras e trilhar seu próprio caminho. Nos veremos de novo, em breve!

A beleza de Liríope, entretanto, não despertava somente a paixão de Pã e dos sátiros. Assim, um dia, quando Liríope passeava ao longo do rio Céfiso, esse deus a viu e a desejou intensamente.

Céfiso não era uma divindade, como Pã, acostumada a conversas persuasivas e à arte da sedução. Por isso, ao ver Liríope não conteve seu ímpeto e, lançando uma onda que inundou por um instante o ponto em que se encontrava a ninfa, tragou-a com sua corrente, levando-a para longe. Liríope não teve como resistir à força do rio. Ao atingir um trecho mais calmo e isolado de seu leito, ele a depositou na terra e a beijou e possuiu. Depois, satisfeito, deixou-se deslizar de volta a seu curso.

Liríope ergueu-se lentamente, sem despregar o olhar do

leito do rio. Em parte porque temia que as águas se elevassem outra vez para de novo enlaçá-la, em parte porque não conseguia assimilar o que havia se passado. As gotas que escorriam por seus cabelos e sobre a pele prolongavam a sensação da presença e do contato com o deus, que parecia ainda envolver seu corpo todo. Por isso a ninfa tentava enxugar-se, esfregando com as mãos o rosto, os braços, para arrancar deles aqueles filetes que atestavam uma união não desejada e não consentida. Depois, caindo em si, ela se pôs a correr, buscando o refúgio das grutas que conhecia nas montanhas próximas, ansiosa por se esconder também do sopro do vento e dos raios do sol, que ela igualmente sentia tocá-la como numa carícia suave, procurando seduzi-la por meio de toques ainda mais sutis e insinuantes.

Liríope não tornaria a visitar as paragens em que fora raptada, nem se permitiria ser vista outra vez por Céfiso. Mas, desde aquela manhã, soube que carregava no ventre uma criança gerada pelo deus-rio. Durante a gravidez, a ninfa limitou-se ao recesso dos locais em que ela mesma havia sido criada. Seu sentimento se dividia entre a saudade do que fora – jovem, ingênua e virgem – e o amor difuso que sentia por seu bebê, uma criatura que brotaria dela inaugurando uma ruptura em sua vida antiga. A expectativa acerca do advento desse novo ser se misturava a suas lembranças mais remotas, e ela muitas vezes desejava fundir-se a ele, regredir até o seu nível para com ele recomeçar sua vida, outra vez experimentando o mundo desde o início. Nessas ocasiões, a ninfa das águas sentia-se novamente suspensa em um meio fluido, devolvida a seu elemento e esquecida de si – ela mesma um feto indistinto, que relutava em tomar forma.

Narciso, o filho das águas

Quando Narciso nasceu, Liríope contemplou sua beleza como através de um sonho. O filho do rio Céfiso era lindíssimo e, embora nascido humano e mortal, sem dúvida haveria de ser reverenciado como o mais belo dos homens, até o fim de sua existência. Mas o fascínio pelos traços de Narciso também despertou nela um temor: os deuses olímpicos geralmente não apreciavam os mortais que rivalizassem em qualidade com eles, muitas vezes punindo o que consideravam excesso ou arrogância. Além disso, desde que os atributos próprios de deuses e de mortais haviam sido distribuídos, aos deuses coubera, entre outros privilégios, a beleza perfeita e imperecível. Essa era a ordem que vigorava no mundo, e Liríope receou que seu filho pudesse ser visto como uma desobediência a essa ordem. Preocupada, ela desejou que alguém a esclarecesse sobre o futuro de Narciso. E, assim, Liríope decidiu sair em busca de Tirésias.

– Tirésias – indagou, assim que pôde estar em sua presença –, meu filho viverá muitos anos?

– Não creio que possa ajudá-la, ninfa – desculpou-se o adivinho, procurando voltar os olhos cegos para o rosto de Liríope. – Minhas respostas frequentemente causam mais dor do que alívio. Cuide de seu filho da melhor maneira possível e não se interrogue sobre coisas que ninguém pode mudar, sejam boas ou más. Não é seguro confiar cegamente em uma promessa de alegria e de nada serve antecipar sofrimentos.

– Então ele viverá pouco... É isso? Se é esse o seu destino, desejo conhecê-lo já.

– Mas o que é o destino, para um mortal? – argumentou Tirésias, em tom mais baixo, como se falasse para si mesmo. – A maioria deles sofre reveses além do que o destino lhe reserva, por causa das ações tolas que comete. Cegos por seu orgulho e por seus projetos ambiciosos, nem sequer suspeitam das loucuras a que se entregam. Esquecem-se por completo da prudência e da moderação, e a morte os colhe mais cedo.

Liríope sentiu-se desanimada por um momento. Diante do que lhe dissera Tirésias, a vida dos humanos parecia repleta de desventuras. Mas, depois de olhar com melancolia para o bebê que trazia no colo, tornou a insistir:

– Tirésias, eu suplico! Por Apolo, diga ao menos se meu filho poderá ter uma vida longa, ou se isso é impossível para ele.

– Está bem – disse-lhe o adivinho, cedendo ante seu rogo. – Narciso poderá ter uma vida longa, desde que jamais veja a si mesmo.

Não foi sem dor que Tirésias fez essa revelação. Pois ele, que um dia contemplara a luz e agora vivia na escuridão, em meio à qual relampejavam verdades difíceis de verter em palavras, sabia melhor do que ninguém como, para uma pessoa comum, ver poderia significar começar a conhecer. Por isso, sabia o quanto a sentença que havia pronunciado contrariava o que o próprio Apolo, na entrada do templo de Delfos, exigia dos mortais que o consultavam: "Conhece-te a ti mesmo, por ti mesmo", recomendavam os dizeres ali colocados. Mais do que isso, Tirésias admitiria, se indagado a respeito, que sua resposta praticamente condicionava a longevidade do filho de Liríope a seu não relacionamento com as coisas que diziam respeito àquele deus, um dos mais importantes dos imortais. A existência de Narciso ganhava assim contornos muito imprecisos e pouco promissores.

Quanto a Liríope, achou extravagante a resposta que obteve, mas preferiu ver nela certa garantia para Narciso, embora expressada de modo confuso. Afinal, Tirésias nem sequer mencionara o possível rancor dos deuses, perspectiva que a tornava tão apreensiva. Pensando desse modo, deixou de levar em consideração que Tirésias não falava por si, pois era Apolo, a quem ela mesma invocara, quem profetizava pela boca dos adivinhos e das sacerdotisas dos oráculos – e que esse deus, quando consultado, falava por meio de frases aparentemente enigmáticas, cujo entendimento demandava reflexão.

Assim, por causa da maneira como interpretou aquela predição, a ninfa afastou-se mais tranquila e esperançosa, e daí por diante cuidou de sua criança sem se inquietar quanto a seu destino.

No momento adequado, tratou de introduzir Narciso no convívio dos humanos, que se entusiasmaram por ele. A beleza do menino encantava a todos que o viam e, por isso, outros garotos faziam questão de sua companhia. As meninas tinham uma vida mais reclusa, e só o viam de vez em quando, a distância. Mas admiravam-se com a harmonia de suas feições e de seu corpo.

Desse modo Narciso seguiu, sem saber, a recomendação de Tirésias, que sua mãe não lhe transmitiu nunca: envolvido pela admiração de que era alvo, não precisava olhar para si mesmo; o olhar dos outros sobre ele, sempre o aprovando, era suficiente para contentá-lo.

Amores frustrados

Se durante a infância a companhia de Narciso era motivo de disputa, ao atingir a adolescência seu amor tornou-se objeto de cobiça. Ninfas, moças e até outros jovens se apaixonavam por ele, porém jamais eram correspondidos. Se acontecia de alguém lhe declarar seu amor, Narciso recusava a oferta do pretendente, sem explicar suas razões. Quanto a ele mesmo, nunca ocorrera apaixonar-se por ninguém.

– Narciso parece não estar sujeito à influência de Afrodite, como os demais mortais – comentava certo dia um rapaz com seus companheiros, durante uma conversa em que o jovem era assunto.

– Mas isso não há de acabar bem – argumentava outro.

– A beleza de Narciso nos fascina a todos, mas ele não é nenhuma virgem, sacerdotisa de Atena ou de Ártemis, para se manter alheio ao amor, como o faz.

O grupo riu da comparação e, em seguida, um terceiro tomou a palavra:

– Realmente Narciso parece viver fora das leis que regem os mortais. Espero, porém, que no futuro ele seja capaz de empunhar armas e de defender a cidade em caso de perigo, como caberá a todos nós estarmos prontos a fazer.

– Mas Narciso talvez não pretenda jamais se exercitar com armas – tornou o segundo. – Quem sabe se considere mais belo do que o belíssimo Ganimedes, e esteja esperando que Zeus o rapte também, para colocá-lo no lugar deste, no Olimpo.

– E, nesse caso, as únicas armas que empunhará serão taças e ânforas – completou o primeiro. – Seu campo de batalha será a assembleia dos deuses, em que ele terá de correr de um lado para o outro, sem cessar, para manter a todos abastecidos de néctar. Será como um soldado a defender sozinho os muros de uma cidade...

De novo todos riram, divertidos.

– Quanto a raptá-lo, eu mesmo de bom grado o tomaria para mim, a exemplo do que fez Zeus – retomou o segundo, controlando o riso. – O problema é que Zeus não precisa prestar contas a ninguém de seus caprichos, ao passo que qualquer excesso como esse, praticado por nós, mortais, seria punido tanto pelos deuses como pelos homens.

– Bem, se Narciso não deseja ser como um de nós – concluiu um deles, enquanto se punha a caminhar –, proponho que abandonemos esse debate e que nos consolemos dessa ferida coletiva, que nos fez o amor, com alguma atividade mais proveitosa...

– E quem sabe incluir nela o próprio Narciso, para que ao menos possamos nos deleitar com sua beleza, já que esse é o único favor que ele concede a nós, desprezados – concluiu outro.

Mas nem sempre as repetidas negativas de Narciso foram bem toleradas. Houve certa vez um rapaz que se apaixonou intensamente por ele, sendo rejeitado a cada investida, até que, amargurado, desistiu de pedir que o aceitasse. Entretanto, sentindo-se profundamente magoado e injustiçado, ele ergueu as mãos para os céus e fez uma imprecação aos deuses:

– Divindades do Olimpo, ouçam meu pedido: que Narciso um dia se apaixone também, dobrado pela força do amor que une os seres, mas que jamais possa ter para si a criatura que ama, assim como eu, apesar de minha extrema afeição por ele, jamais o tive para mim.

Nêmesis, a deusa que, em nome dos imortais, pune os excessos cometidos pelos humanos, considerou justo o que pedia aquele jovem. Sua queixa traduzia a de vários outros rapazes, assim como refletia a desilusão das muitas ninfas que haviam tentado se acercar de Narciso e foram repudiadas por ele. E, então, Nêmesis providenciou para que o mais belo dentre os mortais também viesse a conhecer o ardor de uma paixão e o pesar por não se ver correspondido.

Uma caçada malsucedida

Narciso costumava caçar, e durante suas incursões a bosques e florestas, sozinho ou ao lado de outros rapazes, muitas vezes fora avistado pelas ninfas a quem ele depois repelira. Naquela manhã, pensava, não seria diferente. Narciso aceitara o convite de alguns companheiros para participar da captura de um cervo, e já previa, com enfado, o encontro com divindades femininas que habitavam as matas e a necessidade de dissuadi-las de suas intenções de conquistá-lo.

Antes de deixar a cidade, o grupo realizou um breve ritual dedicado a Ártemis, a deusa que habita além das terras cultivadas pelo homem e governa os solos selvagens – locais como aquele em que eles iriam se embrenhar.

– Que a deusa da caça e protetora dos filhotes nos conceda um dia livre de perigos em seus domínios!

– Que Ártemis, que vela pelas crianças e pelos jovens, permita que retornemos com segurança a nossos lares!

Do interior da floresta, Ártemis escutou as preces daqueles adolescentes, mas, embora a beleza de Narciso evocasse remotamente a de seu irmão, Apolo, ela já havia aceitado o julgamento de Nêmesis sobre ele. Assim, a deusa como que desviou o olhar de seu rosto, não estendendo sobre o filho de Liríope a sua proteção.

Quando o Sol começava a se firmar no céu, os rapazes transpuseram o limite imposto pelas primeiras árvores, deixando para trás o campo aberto, em que se distinguiam pastos e plantações. Tomando cuidado para não fazer barulho, eles comunicavam por sussurros e sinais, mantendo-se atentos aos menores ruídos e movimentos que percebiam. Em suas mãos, as redes de caça estavam prontas para serem lançadas.

Avançando com cautela, eles procuravam por pegadas ou outros indícios que pudessem colocá-los na perseguição de sua caça. Em dado momento, reconhecendo os rastros de um cervo, seguiram durante alguns minutos na direção em que eles se estendiam.

Quando finalmente depararam com o animal, movimentaram-se de maneira a cercá-lo, aproximando-se dele o suficiente para arremessar suas redes. Narciso jogou sua malha, mas o cervo pressentiu a tempo o perigo que o ameaçava: saltando para o lado, evitou o golpe, disparando em seguida por entre as árvores.

Os companheiros de Narciso também se puseram a correr, para não perder de vista a presa, enquanto o rapaz apressou-se a recolher sua rede do solo. Assim que a recuperou, partiu ao encontro do grupo, mas não o encontrou.

Narciso sabia como proceder em situações como aquela. Procurando vestígios da passagem de seus amigos, ele foi gradativamente se aprofundando na floresta. No começo, certo de que logo se reuniria a eles, evitou chamar seus nomes, para não atrapalhar a caçada. Mas, passado mais algum tempo de busca infrutífera, percebeu que realmente não só se extraviara deles como perdera o senso de orientação. Era preciso abandonar a caçada, procurar sair da floresta e aguardar os companheiros fora dela. Porém os caminhos se confundiam, iguais.

Enquanto Narciso hesitava acerca do rumo a tomar, uma ninfa acompanhava seus movimentos, dissimulada pela vegetação. Intrigada com sua extrema beleza, que a fazia pensar tratar-se de um deus, ela o olhava fixamente, indecisa sobre se devia ou não abordá-lo.

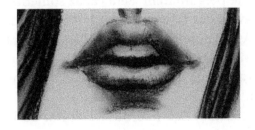

A ninfa Eco

Por muito tempo Eco seguiu Narciso sem se mostrar, nem se deixar notar. À medida que o contemplava, sentia-se cada vez mais atraída por ele, e desejava ardentemente falar-lhe. Mas Eco sabia que não podia fazer isso, pois pesava sobre ela uma grave condenação, decretada por Hera.

No passado, Eco era capaz de sustentar qualquer conversa. Assuntos não lhe faltavam, e ela, se quisesse, podia até mesmo encadeá-los, discutindo sobre os mais diversos temas numa fala longa e ininterrupta. Por causa dessa capacidade, Zeus a escolheu para o desempenho de uma tarefa muito particular: quando o senhor dos deuses desejava retirar-se do monte Olimpo às escondidas, para encontros amorosos realizados em segredo com as ninfas que habitavam a Terra, ele pedia a Eco que entretivesse Hera com sua conversação variada, até que ele retornasse. Assim, sua esposa não tinha oportunidade nem mesmo de dar por sua falta e, menos ainda, de suspeitar de sua traição.

Um dia, porém, Hera descobriu o artifício. Não podendo se vingar do poderoso Zeus, com quem nenhuma divindade era capaz de medir forças, nem sozinha, nem em conjunto com todas as demais, descarregou sua ira sobre Eco.

– Ninfa alcoviteira, que ousou enganar-me, eis o castigo que lanço sobre você: como foi com sua língua que me iludiu, reduzo sua fala a quase nada. Daqui por diante você não poderá dizer coisa alguma espontaneamente, nem conseguirá responder ao que lhe perguntarem. Será capaz somente de repetir as últimas palavras das frases que lhe forem dirigidas, quaisquer que sejam. Assim aprenderá a jamais desafiar Hera novamente.

– Jamais desafiar Hera novamente! – repetiu Eco em tom débil, envergonhada e trêmula de medo, ao tentar pedir perdão à deusa.

Desde então, Eco não ousara voltar ao Olimpo, nem

mesmo para rogar por socorro a Zeus, pois o receio de encontrar Hera em seu caminho a paralisava. Nos bosques, campos e colinas em que costumava passear, deixou de procurar a companhia das outras ninfas, vagando sozinha e silenciosa pelas paisagens que antes conheciam o som musical de seu riso e de sua fala animada.

Foi a visão de Narciso que outra vez encheu de alegria seu coração. E foi só nessa ocasião, também, que Eco deu-se conta de que, embora tivesse acobertado as aventuras de Zeus com várias ninfas, nunca estivera, ela mesma, nos braços de nenhum deus ou mortal por quem sentisse especial afeição.

Apesar de aflita por se dar a conhecer a Narciso e dirigir-lhe palavras doces, confessando sua paixão, Eco nada podia dizer para chamá-lo. Até que Narciso, preocupado em reencontrar os companheiros, gritou:

– Alguém me ouve?

– Me ouve... – tornou depressa a ninfa, suspirando, num pedido que unicamente ela poderia compreender.

Narciso perscrutou com o olhar os arredores, ansioso por divisar quem lhe respondia, mas não viu ninguém.

– Não se esconda! – insistiu ele, esperançoso de obter ajuda. – Não vou lhe fazer mal. Aceite minha amizade.

– Aceite minha amizade – rogou Eco, com fervor.

De novo o rapaz olhou para os lados e para trás, mas de novo não viu ninguém nas proximidades.

– Você oferece sua amizade, mas se oculta, certamente por receio. Por acaso também você se perdeu?

– Você se perdeu? – perguntou de volta a ninfa, interessada em saber mais sobre ele.

– Sim. Separei-me de meus companheiros, e agora não consigo achá-los, assim como sou incapaz de encontrar você, que me fala de entre as árvores. Se não quer se mostrar, ao menos diga se mora entre mortais ou entre divindades.

– Diga se mora entre mortais ou entre divindades – pediu Eco por sua vez.

– Sou filho de um rio e de uma ninfa, mas nasci mortal e humano. Vivo a maior parte do tempo na cidade que os homens há muito ergueram perto dessa floresta. – E, olhando a sua volta, acrescentou: – Agora que já sabe quem sou e onde vivo, dê-se a conhecer você também. Não me deixe só!
– Não me deixe só! – imitou-o a ninfa, enrubescendo.
– Não tenha medo – procurou ainda incentivar Narciso. – Venha para junto de mim!
Não poderia haver palavras que Eco se sentisse mais feliz em ouvir e em corresponder. Por isso, encorajada com o estranho diálogo que travava com o rapaz e com a gentileza que ele demonstrava, ela não conseguiu refrear seu desejo ao escutar o convite que Narciso lhe fazia e deixou seu esconderijo, completamente entregue.
– Venha para junto de mim – disse com enlevo, estendendo os braços ternamente, para envolver o pescoço de seu amado.
Mas, ao vê-la, Narciso se retraiu. Seus músculos se crisparam, como se estivesse diante de um inimigo odioso, e seu rosto abruptamente assumiu uma expressão hostil.
– Afaste-se! Eu não quero nada com você! Prefiro morrer a sentir o contato de suas mãos.
– Sentir o contato de suas mãos... – arremedou-o com súbita tristeza Eco, baixando devagar os braços, que de um momento para o outro lhe pesavam. Seu olhos fugiram ao olhar de Narciso, e a ninfa deixou-os vagar pelo chão, como se nada mais quisessem mirar.

30

Vendo-a reduzida à imobilidade, humilhada e incapaz de encará-lo, Narciso deu-lhe as costas bruscamente, pondo-se a marchar com passo firme para longe, dirigindo-se, sem o saber, ainda mais para o interior do bosque.

Eco o viu afastar-se, olhando-o de relance, enquanto a desilusão gelava seu peito. E mesmo que quisesse, não podia deixar de seguir o rapaz, fitando-o por instantes à medida que ele se distanciava. Por fim conseguiu se mover, e sua primeira reação foi procurar onde ocultar a vergonha que a abatia. Entretanto, nem seus pensamentos nem seu coração abandonavam Narciso. Por isso, a ninfa resignou-se a ir a seu encalço, mesmo que agindo assim viesse a se ferir ainda mais.

Narciso descobre o amor

Caminhando resoluto por entre as árvores, Narciso alcançou uma pequena clareira. Ali o bosque recuava para dar lugar a um lago alimentado por um estreito curso d'água.

No primeiro momento o rapaz se alegrou, pois imaginou ter chegado a um local utilizado por pastores e caçadores para refrescar-se e descansar. Mas em seguida verificou a ausência completa de rastros de todo tipo.

"Se aqui viessem rebanhos, por menores que fossem", pensou, "a relva que circunda essa lagoa estaria amassada e com falhas em alguns trechos... Mas ela está perfeita, intocada como todo o solo que se estende aquém dela."

A superfície do tanque repousava tranquila, sem que nenhum pássaro voasse sobre ela. Nem mesmo o zumbido de insetos se escutava em derredor.

"Este deve ser um retiro reservado a Ártemis e às ninfas de seu séquito", presumiu. "Com certeza aqui não vêm os humanos, e nenhum animal daqui se aproxima a menos que a deusa o chame. Não infringirei nenhuma lei dos imortais, porém, se me detiver por instantes, apenas para repousar um pouco, e se beber alguns goles dessa água cristalina... A sede queima minha garganta."

Narciso procurou um ressalto nas pedras das margens, onde pudesse se apoiar para pegar a água na concha da mão. Mas quando se debruçou sobre o lago, estendendo o braço para sua superfície, deteve-se impressionado com o que viu. De dentro da lagoa, um jovem o fitava, acenando para ele. Narciso retribuiu, embevecido, aquele olhar, tocado pelo brilho que emanava dele. Em seguida se permitiu percorrer as linhas daquele rosto, que era o seu próprio, mas que ele mesmo nunca contemplara. E assim como pouco antes Eco se extasiava em remirar seus lábios, o talhe do queixo, a um só tempo másculo e fino, o nariz de desenho delicado e as maçãs do rosto, voltando-se depois para as têmporas, a fronte e os cabelos, assim também Narciso se embriagou com a beleza que defrontava, estático. O rapaz nas águas sorriu quando Narciso deixou aflorar em seus lábios o contentamento que nascia nele por vê-lo, e nisso o garoto, iludido e encantado, pretendeu ver uma coincidência de sentimentos.

– De você eu não recuso a proximidade – sussurrou, emocionado. – Qual é o seu nome, deus das águas?

Narciso estremeceu, e seu coração disparou, ao notar que os lábios do jovem se moviam, dirigindo-lhe palavras talvez também de afeto. E quis acariciar seu rosto, avançando uma das mãos. Mas, em vez de um rosto de pele fresca e macia, tocou a água, perturbando sua superfície. A imagem vacilou, partida em fragmentos cintilantes, e Narciso viu o medo no olhar de seu companheiro: o medo de uma separação iminente e involuntária. Transido de dor e sem saber o que fazer, Narciso hesitou, e essa indecisão lhe foi favorável: as águas se acalmaram aos poucos, e ele recobrou o ânimo ao ver que a figura do jovem permanecia diante dele, como que à espera.

– Não posso ir até você, jovem divino. Mas será que você não poderia vir até mim? De minha parte, enquanto você não me conceder ao menos uma hora de convívio, não arredarei o pé daqui.

E Narciso abandonou-se a uma contemplação sem fim, num pedido mudo para que fosse aceito e querido pelo outro. A única testemunha de seu engano era Eco, que o observava, incrédula. A ninfa se assustava com a ilusão a que seu amado se lançava, mas sentia-se impotente para ajudá-lo.

– Não arredarei o pé daqui... – repetiu apenas, ao ouvir as palavras do rapaz, como uma promessa vã que ela dirigia a Narciso, ao passo que ele fazia afirmações ainda mais inúteis às águas.

A noite encontrou Narciso na mesma posição, e a Lua e as estrelas iluminaram o semblante de seu reflexo no lago. Narciso esqueceu a fome e a sede, e desistiu de repousar, absorto na veneração que dedicava ao rapaz das águas.

– Durma um pouco, se quiser, jovem divino. Apenas não vá embora, eu lhe peço. Ainda que a noite esfrie ou que Zeus faça chover, eu velarei por você, sem me importar comigo.

– Velarei por você, sem me importar comigo – prometeu Eco em seguida, compadecendo-se com a abnegação de Narciso.

E a ninfa recolhia-se em sua condição de espectadora, embora tivesse vontade de ir até o rapaz para despertá-lo da ilusão que vivia. Ela o vira tentar acariciar a face de seu reflexo, e não entendia como Narciso podia obstinar-se em desejar a companhia do que devia parecer para ele mesmo uma criatura tão inatingível quanto insensível.

Foi a intensidade da paixão de Narciso, mais do que as privações que experimentou nos dias subsequentes, que minou seu vigor. Enquanto definhava, imóvel e silencioso, ele viu o semblante radioso de seu amado empalidecer gradativamente, a luz de seus olhos tornar-se opaca e a pele, antes reluzente, tornar-se macilenta.

– Por que me despreza, se você mesmo sofre com isso? – indagou em dado momento. – Se nossas inclinações são semelhantes, por que não nos unirmos?

E só então lhe ocorreu a verdade, ao reconhecer a expressão de desapontamento de sua imagem.

– Sim, agora compreendo: nos comportamos de modo parecido demais para que não sejamos o mesmo. Você não é um deus que imita meus gestos de promessa enquanto me desdenha com frieza, nem sou eu o mais menosprezado dos amantes, como cheguei a pensar. Você sou eu!

– Você sou eu! – disse baixinho a ninfa, como se revelasse um segredo há muito guardado, e esperançosa de que o rapaz conseguisse romper a fascinação que sua própria imagem lhe despertava.

Mas a constatação de Narciso não lhe trouxe paz. Ele conhecera a beleza ideal, e se deixara fascinar e arder por ela. Sabia que não existia ninguém que a traduzisse senão ele mesmo, e que, por isso, estava destinado, dali por diante, a aspirar a algo que nunca poderia vir a possuir.

– Que estranha solidão, a minha! Tenho e não tenho a mim. Sou aquele a quem almejo e, em consequência disso, jamais poderei saciar o desejo de estar na companhia de meu amado.

– Jamais poderei saciar o desejo de estar na companhia de meu amado – compreendeu Eco de repente. E estremeceu, pois intuiu que se avizinhava um desfecho doloroso para aquela situação.

"Mas qual de nós dois é apenas miragem?", pensou Narciso com amargura, pela primeira vez fitando seu reflexo como uma imagem, mas sem se desvencilhar da ternura que a visão dela lhe inspirava. "Como negar que não fui eu o simulacro destituído de voz a quem muitos dirigiam a palavra, movidos pela admiração que minha beleza lhes provocava, e que nunca respondia a nenhum chamado? Não, não vejo esperança para mim. Estive, entre os vivos, como um morto: vi pessoas e coisas sem nada enxergar. Fui um cego e, quando o véu de meu olhar finalmente se desfaz, deparo a mim mesmo, unicamente, e não quero desviar os olhos de mim. Sei que não conseguirei substituir por outra a paixão que me acomete. É bom que as forças me faltem nesse momento, pois essa é a única maneira de obter o esquecimento desse amor insensato."

– Só é triste saber que junto comigo morrerão essas feições tão belas, que arrebataram meus sentidos e minhas emoções – disse então, sorrindo pela última vez para si mesmo, numa mescla de carinho e ironia. – Adeus, doce amado.

– Adeus, doce amado – repetiu Eco, soluçando, perplexa com o desenlace dos acontecimentos.

As lágrimas corriam pelo rosto da ninfa, enquanto ela via Narciso desfalecer, ainda debruçado sobre o lago. O rapaz chorava também, e suas lágrimas, ao caírem sobre as águas, turvavam seu reflexo. Aos poucos, porém, as lágrimas dele cessaram, e a superfície do lago serenou. Sobre ela, viam-se refletidos o céu e as árvores, e a imagem de um rapaz que deixava pender o torso sobre a água. Seus olhos se mantinham abertos, mas a vida já não os habitava.

Epílogo

Eco não quis deixar o corpo de Narciso insepulto, exposto ao sol e à chuva. Por isso, saiu à cata de gravetos e galhos para montar uma grande fogueira, a fim de incinerá-lo, como era o costume dos mortais. Ela sabia que, sem essa cerimônia, a alma de Narciso vagaria perdida sobre a Terra, impedida de encontrar o caminho para o reino de Hades – a morada dos mortos.

Enquanto recolhia lenha, outras ninfas a viram e, notando o seu estado alterado, indagaram o que lhe acontecera. Em vez de responder, Eco conduziu-as ao local onde jazia o corpo de Narciso. Todas se comoveram e, dentre aquelas que um dia haviam interpelado o rapaz ou se acercado dele, muitas desviavam o olhar do cadáver, por não suportarem ver Narciso morto.

Liríope foi avisada do que ocorrera, e foi ela que, recolhendo em seus braços o filho, acomodou-o sobre a relva, fechando-lhe os olhos. Ao contemplar o rosto inanimado de Narciso, que ainda guardava o brilho de sua tão admirada beleza, a ninfa podia imaginar o que aqueles olhos tinham visto, mas não o que Narciso chegara a compreender, ainda que tarde demais.

Em sua mente reboavam as palavras enigmáticas de Tirésias, como um agouro que acabara por se cumprir. E a sorte dos humanos pareceu-lhe mais incerta do que nunca, pois, se muitos homens eram colhidos ainda jovens pela morte durante as guerras, Narciso, por sua vez, nem chegara a atingir a idade em que seria armado. E cabia a ela só, agora, despedir-se dele.

Compreendendo a intenção de Eco, Liríope pediu às ninfas que a ajudassem a reunir lenha, entregando-se ela também a essa tarefa. Logo uma grande fogueira foi erguida com cascas de árvores, galhos e toras de madeira. Mas quando as deusas foram buscar o corpo de Narciso para trazê-lo em procissão e depositá-lo sobre a pilha de lenha, não o encontraram. O corpo do jovem desaparecera e, no lugar onde ele antes jazia, brotara uma flor solitária em seu caule. Seu miolo era amarelo e suas pétalas, brancas. As ninfas sorveram seu perfume: era tão suave e embriagante como a visão do rapaz. Por isso, acreditaram que alguma divindade mais poderosa talvez houvesse se antecipado a elas secretamente, homenageando o jovem e tornando-o para sempre lembrado entre mortais e imortais.

A única ninfa que jamais se consolou da morte de Narciso foi Eco. Ela se isolou no alto de montes escarpados, desejosa de também não mais existir. Imóvel sobre as pedras, seu corpo aos poucos se enrijeceu e perdeu o viço, calcificando-se até se fundir com a rocha. Do que ela havia sido um dia, restou apenas sua voz: o eco das palavras que ela ainda hoje escuta e reproduz.

Narciso, por sua vez, tampouco logrou vencer sua obsessão: sua alma desceu ao reino tenebroso de Hades, mas lá continuou a mirar-se nas águas do rio Estige, o rio do esquecimento: uma sombra admirada com outra sombra, imersas ambas em um alheamento sem fim.

QUEM É LUIZ GUASCO?

Luiz Guasco nasceu e reside na cidade de São Paulo. Bacharel em Língua e Literatura Grega pela Universidade de São Paulo, há muitos anos trabalha no mercado editorial, integrando equipes em várias editoras, em diversos segmentos, inclusive o de literatura infantil e juvenil. Pela série Reencontro Infantil, da Editora Scipione, publicou *O voo de Ícaro* e *Teseu e o Minotauro*. Sua preocupação, ao criar adaptações de lendas gregas para o público de hoje, é explicitar aspectos do pensamento mitológico e da organização social que é possível entrever nessas narrativas, segundo a interpretação de historiadores e de estudiosos da cultura clássica.